숨겨진 달항아리

숨겨진 달항아리

도서출판
작가마을

드라마 같은 삶 살아오는 동안
버리고 버리고도 버릴 것이 뭐가 그리 많은지

때로는 마음이 주는 인정도
버리라고 가슴이 그랬다

아깝다는 생각도 버리고
버릴 것은 미련 없이 모두 버렸다

그런데
단풍처럼 익어가는 손이
아직도 못 버리는 것이 있다
주옥같은 화선지 한 장 들고 있다

2026년 새해

정 정 옥

정정옥 시집

차례

숨겨진 달항아리

차례

숨겨진 달항아리 ● 정정옥

제
1
부

가슴이 그랬다

가슴이 그랬다
마음이 그렇게 가고 있었다
얼마나 소중한 인연 가족
내 것이 아니란 걸 알았기 때문이다

그렇게 소중하고 사랑하는 아들과 남편
부모 형제 그리고 친구들까지도
잠시 스쳐 가는 인연인 것을 깨달았다

모든 값진 장신구 화려하고 우아한 의상도
돈도 명예도 내 것이 아니라서
이 또한 잠시 스쳐 가는 흔적일 뿐

나도 모르게 그렇게 가고 있었다
붓다 앞에서 금강경 한 권 가슴에 담고
무릎 꿇어 속죄하는 마음 붓대 끝에 내려놓고
오늘은 해바라기 꽃밭을 만들고 있다

너에게 가는 마음

아직도 나는 너에게 가는 마음을 잡을 수 없다
아무리 그러지 말라고 해도 가슴이 말을 듣지 않는다
말하지 말자고 수없이 다짐하는데도
이미 오늘도 내 마음은 너에게 가고 있다
내가 너에게 가는 마음을 잡을 수 없는 건
동아줄 같은 나의 생명 줄이기 때문이다
예쁜 손자 손녀를 안아보고 싶은데
가슴 알리를 하다 하다
새아가 생기면 딸같이 손 꼭 잡고
광복 롯데백화점에 여기저기 쇼핑하면서
나는 새 날개 같은 옷을 입고
아가는 빨간 핸드백 사 들고
상상을 할 때는 잠시라도 행복해하다가 말고
꿈이란 걸 안다 한국에 배필이 없으면 바다 건너서
라도
너에게 가는 마음 오늘도 파도를 타고 있다

달맞이꽃

서산에 피고 있는 오렌지빛 노을 길 언덕에
계수나무 한 그루 달항아리에 심었다
노란 꽃잎이 하얀 달을 품었다
천마산 기슭 천룡사 뜰에서도
고향집 뒷산 잔 바위틈 텃밭 언저리에서도
어머니가 누워계시는 십자가 비석 옆에서도
달을 보며 피는 꽃
밤이면 더 깊은 밤이면 어여쁜 달맞이꽃이여
너도 어머니가 그립구나

대보름날

정월 대보름날이다
용이 승천하는 날인지
달님이 오시는 길목에 진보라 구름이 가득 메우고 있
다
모래사장에 세워진 파란 측백나무 달맞이 집
너도나도 달 기다림의 기린 목이 된다
철썩철썩 파도만이 모래사장을 왔다 갔다
모래성 만들어놓고 바람 앞에 촛불 가물 가물거린다

붉은 횃불들 달집 속으로 들어간다
불길이 활활 타오르고 환호 소리와
불똥 티는 소리가 바람을 타고
송도 모래사장을 꽉 메우고 있다

남항대교를 타는 저 불빛들 갈매기도 함께 음률을 탄
다
봉래산이 품은 수많은 벌집 같은 창틈 사이로 쏟아
내는
빛들 달은 숨어있어도 오늘따라 더 찬란하다

숨은 달의 축복 속에 자갈치 선창가 고깃배 순산하
는 소리
용두산 공원 저 높은 탑 부여잡고 색동저고리 갈아
입는다

바람아

바람아 그만 불어라
백 년 된 고목에 핀 꽃이 떨어진다
설록차 새싹들이 연신으로 웃고 있는데
하얀 목련화 꽃잎이 저렇게 피는 사월이다
바람아 네가 가지마다 흔들어놓고
가버리면 새들은 얼마나 슬프랴

바람아 불지 마라
오동나무 가지마다 초롱불 밝혀놓고
어머니 지팡이에서도 새싹이 돋아나면
어머니 마중 가야지
그때처럼 꽃잎이 나비처럼 날아와서
어머니의 은비녀 끝에 앉으랴

바람아 바람아 오지 마라
새들이 울다가 웃다가 모두 날아갔다
나비도 날아가서 오지 않고
어머니 지팡이에서 잎도 피지 않아서
보라색 초롱불이 어둡기만 하다

어머니 지팡이에 꽃이 피면 봄이 오겠지

벚꽃 바람 밟고 떠나신 어머니

나는 괜찮다 갈 때 되면 가야지
너무 오래 살았다
어서 가야 할 텐데 왜 이리 데리러 안 오나
언제 어디서라도 그렇게 하시는 말씀
복 많이 받게 나 축복 많이 받으시게
어머니는 주는 것 좋아하면서
받는 것보다 베풀고 살라고 늘 그랬다
누구에게나 빈손으로 보내지 않으시는 신념
본받아야 하는 어머니의 교훈
그런 어머니가 가실 준비를 마무리하는 걸 알게 된
토요일
아이처럼 어머니 품에 안겨 울고 있는데
어머니는 떠날 준비를 끝내고
병실 침대에 눕지도 않고 반듯하게 앉았다
간장 담그는 설명을 꼼꼼하게 일러 준다
입원 오일 째 해질녘 무렵에
아버지 만나러 가시는지 천주님 곁으로 가시는지
좋아하던 우리들 두고
그리고

모든 것을 두고 벚꽃 바람 밟고 가셨다
늘 포근하고 따뜻했던 어머니가 냉정하게 떠나셨다

벚나무에게 남긴 메시지

남포동에서 서구청을 지나서 충무동 새 길을
가끔 걸어서 다닌다
대청갤러리 질러가는 길목
송도 앞바다 자갈치 어선 바람과 합치는 바람은
초장동 옛 색시들 치맛바람인가 까부라지게 진하다
잘나지도 않고 멋진 것도 아닌 앙상한 나무 그늘 아래
잠시 발걸음 멈추던 곳
가파른 숨을 고르고 쉬었다 간 그 자리에
접 벚꽃이 숭얼숭얼 겹겹이 피었다
목 고개가 떨어지게 쳐다보고 또 쳐다보다
그냥 두면 밤사이 바람이 다 삼킬 것 같았다
스마트 폰 속에 사방으로 가득 담았다
자정이 지났을까 쌩쌩 윙윙 바람이 창문을 몸서리치
게 흔들고 있다
꽃잎 떨어져 훨훨 날아다니는 소리가 창문을 흔들고
있다
오후 한 시에 그곳을 갔다
떨어진 꽃잎마저 다 쓸어가고 어제 보던 벚나무는 온
데간데없고

쓸쓸하게 꽃잎과의 이별을 하고 이파리 몇 개와 아
직 피지 않은
몇 송이만 나부끼고 있다
스마트폰 갤러리를 열어 보여줬다
나무야 네가 어제는 이렇게 아름다웠다
눈부시게 우아하였다
너무 슬퍼하지 마라 조금만 기다려라 초록이파리가
너를 감싸 줄 거냐
사진 속 벚꽃잎에 입 맞추고
어제는 너의 우아한 모습 쳐다보다가 내 목 고개가
많이 아팠다
오늘은 아픈 너를 위해 고개 숙인다

별들의 만남

어제는 고향길이 어둡기만 했다

한 치 앞을 볼 수 없는 물안개 자욱한 그 길

자동차 헤드라이트 불빛만이 깜박이면서

쏟아지는 폭우 속을 헤치며 먼 길 나섰다

그렇게 빗줄기는 쏟아지는데

어머니의 발자취 보일 적마다

어머니의 향수는 가슴속 깊이 파고 든다

너무 보고 싶다

가슴이 아리고 찌어지듯이 아픈데

경호강 물줄기는 쏜살같이 달려간다

늘 별빛같이 반짝이던 우리 오 남매

지금은 우리들의 가슴에도 늘 비가 내린다

서로서로 슬픈 표정 숨겨가면서

붉어진 눈물 꾹 꾹 삼키며 언니 동생들의 눈치를 보
며

차창밖에 지나가는 산자락만 바라보다

지리산자락 숲 어우러진 어느 조용한 카페

네 자매는 고풍스러운 분위기 속에서

그윽한 커피 향기에 마음 적셔놓고

어머니의 향수도 가슴에 담으며
구름 걷힌 먼 하늘을 바라본다

북두칠성 바라보며 놀던 밤

대나무 숲이 우거진 고향집 마당가에
채송화 봉선화 맨드라미 달리아 꽃
은하수 사다리 밟고 달마중하면
북두칠성 띄는 대청마루에 옹기종기 모여 앉아
부모 은공 읊은 카랑카랑한 아버지의 음성 울려 퍼
지면
진순이도 마굿간 누렁이도 별을 헤고 있다

나란히 나란히 평상 위에 누워서
파랗게 빛나는 북두칠성 바라보며
오빠 언니 별 나 별 동생들 별 여섯 별 콩콩콩콩
밤이면 밤마다 정자나무 아래에서
피리 불던 오빠 별 있었다

구름도 한 점 없는 초생달 뜨는 어느날
갑자기 피리소리 큰 별 숨었다
애가 타도록 기다려도 오지 않고 떠나간 별
그렇게 오랜 세월 지나서도
가슴 깊은 곳에서 지워지지 않은 님이시여
귀여운 어린 동생들을 두고 왜 왜 왜 요

돌아 돌아서 왔던 곳

먼 길 걸어와서 돌아보니
흘러가는 물이고 뜬구름이었나
흔적만이 자욱한 그 세월은 스쳐 가는 바람이었나

까치집도 짓고 마당이 있는 토끼 노루집도 만들고
행복을 가득 안고 쌓은 정 넘치는 사랑을
곶감처럼 줄줄이 엮어놓고
백두산만큼 높은 내 안의 성에서 즐겨 부르던 노래

내가 꼭 가고 싶었던 곳 임 계시는 그곳
몹시 외롭고 쓸쓸하고 아픈 가시밭길은
눈에 보이지도 않는 것이 무겁고 산처럼 높게 쌓인
문서 같은 화두
눈발처럼 시린 내 안을 씻어내는 수행의 길 이십여
년 아리랑 아리랑

오늘은 백도라지 꽃잎에 노란 달빛 내려왔으니
나의 손 꼭 잡고 님과 함께 설록차 그윽한 사원에서
그때 그 노래 듣는다 돌아 돌아서 왔던 곳

솔직한 것에 대하여

시를 쓰면서 속에 있는 것 다 끌어내고 털어내고
그림을 그려서 보여줄 것 전시회 하였다
모든 것 다 끌어내어 털어내고 보였으니
숨길 것도 속일 것도 없다
마음이 가벼워서 무상이다

바람 불면 부러질 것 부러지고
떨어질 것 떨어지고
나고 죽는 것도 저마다 운명이다
물이 흐르다가 바위도 만나서
부딪치면서 흘러가는 것 또 무상

내 마음 같은가 하고 믿었던 것에 대하여
마음이 아파서 아파서 갈대처럼 울었지만
글로서 풀어내고 그림 그리며
빨간색 파란색 겹칠하며 묻어버렸다
솔직한 것에 대하여

숨어 우는 바람

화려하고 찬란했던 시절 이제는 하나씩 접고있다
별로 먼 길도 아닌 것 같기도 하지만
길고 먼 길 돌아보니 남은 것은 긴 붓대 그리고 시집
한 권
그때 그 시절 그려 놓은 그림 한 점 목단화 웃고 있다

낡은 붓대에 붙어있는 헝클어진 붓털
하얀 도화지 같은 내 머리카락에 색칠을 한다
옛날옛날 시집온 큰집 올케 닮은 진 붉은 목단화
아직도 향기를 품고 있는데

 숨어 우는 바람 부질없는 바람 모두 지나가고 있다
언젠가 그랬다 어머니가
원래대로 살라고 꽃구경도 가라고 한다
벚꽃이 한창 필적에 어머니 두 번째 기일이 지나갔다

아버지가 마시던 와인

햇볕이 뜨거운 칠월 초여름
누렇게 익은 보리 수염
밭두렁과 논두렁마다 눕혀지고
큰 마을 마당에는 타작할 논밭이 산더미만큼 쌓였다

도리깨 내리치는 아버지의 얼굴엔 굵은 땀방울 도랑
물이 되고
삼배 적삼은 등 뒤에 소금이 허옇게 그림을 그려 놓
고 파도를 친다

어머니가 주시는 와인 한 바가지 아버지의 얼굴에
땀을 녹이는 소리 꿀떡꿀떡 목을 적시면
할머니 긴 담뱃대에서 품어 나오는 하얀 연기 부여
잡고
호랑나비 날아들고 연못에 잉어 떼들 목을 내밀다

아버지 마시던 와인은
진달래꽃도 머루꽃도 아닌
장독대 뒤 자목련 나무 아래 숨겨진 달항아리 속

몰래 익은 보리 동동주 우리 집 와인 어머니의 사랑
이다

아키다의 출산

담장에는 장미꽃이 줄을 타고 한창 피고 있다
모과나무 옆에 빨간 석류 꽃 피고지고 한창인데
우리 집 아키다가 분만 중이다
세 시간을 걸쳐 일곱 마리의 꼬물이들을 출산했다
어미가 된 아키다는 오늘따라 정말 멋지다 아니 위
대하다
어미는 모든 분비물을 혀로 핥아 물에 씻은 듯이
깨끗하게 해놓았다
꼬물꼬물 앙앙 잉 잉 어미 젖가슴부터 찾기 시작한다
어미는 일자로 누워 아이들의 젖을 모두 물리고 있다
신기하게도 생명들이 탄생하고 하늘도 아름답고 맑다

빨간 석류꽃들이 아키다 지붕 위에 덮어준다
하얀 우유에 노란 계란을 깨어 밥그릇에 부어줬다
평소에 반가운 사람이 오면
꼬리가 떨어질세라 흔들며 껑충껑충
뛰면서 반기던 아이가
어른이 되고서 점잖게 젖을 물리고 있는 것이
사람이나 짐승이나 어머니는 위대하다란 단어가

진정 아키다가 바로 그렇다
아키다는 한국에 몇 마리 없는 종자이다
가끔 아키다 보면 나도 모르게 눈물이 흐른다
아마도 보고 싶을 것이다
나도 그렇지

어느 대학생의 정복

중앙동에서 지하철을 탔다
눈에 확 들어오는 하얀 정복에 눈이 멈추고
모자부터 발끝까지 눈이 쏠리고 있다
사대가 똑바른 키도 훤출 하고 잘 생긴 청년이 서 있다
해양대학 정복이 잘 어울리는 저 아들은 누구네 집의
아들인가
나의 두 아들은 의경대 정복을 입고 외출 왔을 때
의경 정복에도 뭔가 모르게 힘이 있어 보였다
든든한 두 아들이 있지만 욕심나는 청년이다
딸이 있으면 사위 삼고 싶을 만큼
한국 엄마라면 욕심이 날만 한 청년이다
순간 천안함 연평도 사건 생각이 가슴을 메운다
해병이나 육군이나 의경이나 대한의 아까운 아들
아들을 잃은 부모의 심정
가슴이 무너져도 몇 번 무너졌겠다 싶은 생각에
고개 숙여 애도하는 마음으로 눈시울 적시는 동안
학생은 서면에서 하차했다
하얀 정복이 서 있던 그 자리 등이 굽은 할머니가
부전역에서 내릴 준비를 하고 서있다

머칠 동안 해양대학 정복이 아롱 거렸다
누구네 집 사위가 될까
가끔 해양대학 정복을 보면
그 학생은 결혼했겠지 10년이 지났으니

울타리 위에 피는 꽃이 된다

살구꽃같이 부끄러움 많았던 그 사람 만났다
할미꽃 도라지꽃 백합꽃 속에
매화꽃 같은 옥동자를 선물 받았다
무궁화 꽃처럼 든든한 아들들
울타리 가족이 되었다
계절이 세월을 몇 번이고 해와 달을 삼켰으니
품을 떠난 지도 이미 오래다
먼 곳에서 독수리처럼 용감하게 잘 날고 있는 새들
전신 줄 타고 오는 심장 소리는 나의 행복이다

가랑비에 옷깃을 적시듯이 아픈 흔적도
빨갛게 익어가는 낙엽에 적은 일기 보고 있으면
싸릿대로 엮어놓은 울타리 같은 우리 가족
드라마 같은 삶 파노라마 필름 속에 돌고 있다
참새가 모이 하나 물고 오더라도
언제나 먼저 관음 같은 시어머니를 위하여
때론 나는 아네모네가 되었다가 해바라기가 된다
그러나 가족이란 단어 그 자체만으로도
힘이 되고 사랑과 행복이다

우리는 따뜻한 울타리 위에서 피는 꽃이다

야옹이가 화났다

종일 바람이 불었다
나무들이 그렇게 휘청거리며 창틀을 잡고 흔들고 있
다
밤이 아닌데 사방이 캄캄해지고 있다
큰 우박이 떨어지던 그 날처럼
북풍이 불면 우박이 북 향로 따라가고
서풍이 불면 장독대를 때리고 있다
총알이 지나간 것처럼 고추장 항아리 하나가 뚫리고
야옹이 밥그릇이 깨어졌다
고양이 깃털 세우고 동그란 눈에 노란불을 켜고
사납게 앙앙 울고 있다
동네 야옹들이 다 모였다
그렇게 한바탕 우박이 때리고 아미산 잣나무 가지들
휘어지고
바람 불어도 남항대교 불빛은 그대로 빛나고 있다

저것은 바람의 소리

재색 구름이 남쪽 하늘에 붓칠한다
바람이 엉엉 울며불며 온 동네를 쓸고 다닌다
더 검은 먹물을 몇 겹 덧칠하고
낮 한 시 깜깜한 밤이 된다
우두둑 소나기가 아랫집 스레트 지붕을
바람 따라 내리치고 있다
바람은 무슨 억울한 일 있었을까
엉엉 울면서 창문을 마구 흔들고 흔들고 있다

구름 사이로 먼데 거북섬 바위가 희미하게 보인다
배들은 언제 떠났는지 한 채도 보이 않는다
검은 구름이 점점 바닷속으로 들어간다
등댓불만이 검은 바다 위에 빨간 점을 꼭꼭 찍고 있
다
인정사정없이 남항대교를 간통하고
부산대교를 타고 간다
영도다리는 하늘 향해 못 올라간다
바람은 순한 양처럼 숨을 죽인다
고깃배 한 척이 지나갔다

전시회 첫날

무덥던 긴 여정 끝자락
그렇게 기다렸던 비 오시니
찜질방 같은 옥상에서
뜨거운 하얀 김이 무럭무럭 하늘로 올라간다
가을이 오는 소리와 함께 마음 설레인다

국제아트 종합 예술인협회
제21회 전시회 첫날이다
일 년 동안 신중하게 그린 그림들
이동 중 빗물에 젖을세라
우산 받쳐 들고 조심스레 나서는데
어머니가 앞을 막아섰다

생전에 하시던 말씀
비 그치거든 나가거라 하신다
돌아보니 어머니는 보이지 않았다
어머니는 늘 곁에 계시는가 봅니다
가슴 뭉클한 마음으로 나는 형제 톡 방에
오늘은 아무 데도 나가지 마라
어머니가 걱정하신다라고 올렸다

하얀 접시꽃

대학병원 후문 정류장에서 남부민동 방향 134, 190
번
버스길 초장중학교 앞 대청갤러리까지 네 정거장
초여름 장마 시작되던 날 하늘과 땅이 하나 되고
어둡고 무거운 길을 머리 위이고 가슴으로 안개비 헤
치며
아미초등학교 정류장을 지나 정겨운 사람들이 모이는
하동상회 앞 정류장 도로변 흐드러지게 피어있는 꽃
중에 꽃
아롱아롱 물안개 속에서 눈부신 하얀 접시꽃잎에 눈
맞춘다
할머니 모시 치마 접시꽃 마디마디 앉아서 비를 맞
고 있다
내 어릴 적에 비가 오면 감싸주던 그 치마폭
살며시 살며시 손 내밀어 본다
할머니의 눈물비가 발등 위에 주르륵 떨어진다
머리에서 발끝까지 백설같이 뽀얀 할머니
비 맞을세라 우산이 되어 접시꽃으로 피고 있다

행복 나무

길이 있는 곳에
나무가 있다

나무가 있는 그곳에는
꽃이 핀다

꽃이 피는 나무에서는
행복이란 주머니가 주저리주저리 달려있다

행복 주머니가 있는 곳에서는
성남이 없고 즐거움이 가득하다

행복 주머니 속에는
네 행복도 내 행복도 웃고 있다

나무는 늘 행복하다

제2부

보고 싶은 사람

오늘은 유난히 보고 싶은 사람
내가 어려울 때
나의 힘이 되어준 한 사람
오늘은 그리워서 가슴이 울고 있어요
그 어떠한 모습으로 변하여 있을지라도
괜찮은 사람아 소식이라도 들으면
위안이 될 것 같은 사람
그때보다도 더 그리운 사람 어디 있나요
고국으로 떠나올까요
언제나 먼저 손을 내밀어주던
그 여인이 보고 싶다

봄의 향기는 진하다

봄의 향기 벚꽃잎이 하늘을 훨훨 날아다닌다
마당가에는 아직 지난가을에 찾아온 단풍잎이
꽃바람 타고 이리저리 뒹굴며 가을인 줄 안다

목련화 진자리 연두 잎 물들고
관음전 유리창 그 빛 사이로
연등은 줄지어 보리수 염주 알알이 넘긴다

담장 아래 목단화 가지에 초록 움트고 있는데
집배원 다녀간 풍경 소리에
놀란 들고양이 높은 담장 너머 지 한 몸 숨겼다

봄은 오고 가는 소리 홍매화는 일찍 떠나고
텃밭 가장자리 민들레 치마 바람 흩날리며
머리 풀고 누운 달래 봄 향기는 진하다

가을이 남기고 간 흔적 위에

노란 은행잎이 흑 색칠하고
가파른 길을 바람 따라 종일 올라왔다
몇만 보를 걸었을까
마당에 쌓인 낙엽 산등선 만들었다
진순이 뒹굴뒹굴 포근한 안식처다

가을이 떠나가는 소리 위에
꽁지머리 노총각 버려진 온갖 그릇들 쌓아놓고
만물상회도 아닌 것이 어처구니없는 달동네
흙먼지 잔뜩 담아 왔으니
번뇌 다 씻고 가야지

나무의 삶

나무도 사람처럼 아프면서 산다
비가 오면 비를 맞고
바람 불면 온몸을 휘청거리다가
거센 태풍이 불면 가지가 부러지고
큰 몸뚱이 전부를 쓸려 버릴 때에는
체면도 무시하고 아무리 큰 덩치 일지라도
뚝 뚝뚝 부러지며 허리 접고 눕는다
검게 타고 구멍이 뻥 뚫린 몸속을
들여다보고도 속으로 아파하고 말이 없지만
세월이 흐르는 그 자체만으로도 나무는 어른이다
나무는 나이테에 새긴 원이 지나간 흔적이다

라일락꽃이 피던

라일락꽃이 피는 향기 위에
내린 안개구름 걷으며
현해탄을 건너온 아린 점 하나
까치가 울던 아침
연분홍빛 내 안을 담아
진주알 방울방울 엮어서
에메랄드 하늘 바라보며
바람도 구름도 함께
동행했던 그 시절
나는 오늘도 그 날을 걷고 있다
라일락꽃이 피던 그 날

목단화 피는 초행길

임인 년 새해 일출 마중가다
단호하고 거룩한 관음전에 마음 적시고
내 안의 묻어있는 찌든 먼지
청정수로 씻어 쟈스민 향기 품고

설레는 바람을 타고 쌀 한 톨 머리에 이고
눈썹달 거울삼아 울퉁불퉁 돌계단을 밟으며
나뭇가지 사이로 빨간 불빛 하나 보였다 숨었다 하는
그 빛에 눈빛 던져 놓고
넘어질 듯 넘어질 듯 청룡사 가는 초행길

잡나무 헤치고 온 바람이 돌아서서 바라보는 풍경
저 건너 검은 산 아래 현란한 빛들
봉래산이 품은 보물섬
벌집처럼 총총한 창문 틈 사이로 뿜어 나오는 오색
불빛들
보석이 쏟아져 나오는 것만 같이 찬란하다

새벽달은 가녀린 눈썹을 그려 놓고 아직 지지 않았다

황홀한 이 시각 잃고 싶지 않을

섬 아기 노래는 장작불로 익어가고 고구마 향기와

능지스님의 청명한 가락 소리는 새벽을 여는 메아리

로 자욱한 한데

봉래산 기슭에 붉게 붉게 색칠하다 진 붉은 목단화

한 송이

바다 위에서 피고 있다

바다가 보이지 않은

안개 자욱한 아침

바다가 보이지 않다

지난밤에 바람이 많이 불었나

바다 위 떠있는 배 열다 섯 척도 보이지 않고

영도 봉래산도 보이지 않고

보석처럼 빛나는 불빛 집도 보이지 않아

마음이 어둡다

빨간색 대선 선거운동하는 간절한 목소리만이

충무동 사거리 각을 세워 메우고 있다

하늘길이 열리고 있다

봉래산 위에 뜬 달

53

봉래산 위에 하얀 달이 떴다
새털구름 사이로 흘러가다가
나의 창문 틈 사이로 들어왔다
붓대 들고 노란 쟁반 하나 그렸다

토끼 한 마리 계수 나무 한 그루
동그란 쟁반 위에 살포시 담았다
보랏빛 곰 구름이 달을 품었다
서풍 바람이 천마산 숲속으로 데리고 갔다

노란 달 잣나무 숲 헤치고 동쪽으로 기우는데

아름다운 인연

사람과 사람 사이엔 인연이란 열매가 있다
파란 잎이 피고 핑크빛 꽃이 피고
달콤한 정이 주저리주저리 열리면
그것이 곧 행복이다
돌밭길 가시밭길도 있지만
실크로드 같은 아름다운 정원 길이 있다

인연이 맺어지면 마냥
즐겁고 행복하고 아름다움만이
있는 것은 아니다
때론 시고 쓰고 짜고 매워서
뜨거운 눈물이 가슴으로 흐른다

가벼운 베 짐만 들고 가는 것이 아니라
무거운 짐을 이고 지고
가는 그 길을 인내하면 정은 더 깊어진다

영광의 빛을 찾아서 가노라면
그 길은 더 험난하고 구비 돌아가는 길도

암벽 같기도 하다

욕심만 채우려다 보면 상대는 힘들어 한다
남을 사랑하는 아름다운 그림을 그릴 줄 알아야
내일의 행복이 곧 오늘이 된다

가시가 나를 찌를 때면 물 위의 기름이 되지 말고
따뜻한 핑크빛 가슴으로
감싸 안아줄 줄 아는 나무는 멀지 않아
청명한 녹색 정원은 영원한 행복이 된다

산북도로

용 꼬리 같은 길 열면 코모도 그곳 청사초롱 불 밝혀
가마 타고 가는 길
유엔군이 처음 아스팔트 만들어준 역사 같은 아리랑
고개
검은 머리 흰 파 뿌리 심었는데 아직도 그대로
메리놀병원 지나 수정산 정기 받은 초량 산북도로 험
란 한데
아슬아슬한 절벽 위로 달리는 버스에 몸을 싣고
온몸을 조우며 눈 크게 부루 뜨고 숨 고르며
굽이치며 흘러가는 낙동강 물결 같은 산북도로
저 아래 절경 바라본다
부산항 앞바다 한눈에 확 들어오는 거대하고
어리어리한 무역선이 허연 연기를 품어 내어 짐 풀면
유치환 시인의 우체통은 배부르다
산북 도로 물결은 용머리 싣고 실크로드처럼 넘실넘
실 그린다

어머니 오늘은 어느 딸이 보고 싶어요

나는 괜찮다
아픈 곳이 없다
어머니는 언제나 그러셨다
그런데
서울 딸의 전화에 부산이가 하셨다
엄마 부산 딸이 보고 싶은 가요
오냐 한동안 소식이 없어서 그냥 걱정이 되는 구나
부산 딸이 전화할 때는 서울 딸인가
아유 우리 엄마 서울 딸이 보고 싶은가 봅니다
어머니는 네들 큰 성어가 생일이 다가오는데 다녀가
라고
막내딸이 전화할 때 산청이가 하신다
엄마엄마 장녀가 보고 싶은 가요
네 성이 요즘 자주 아프다 하니 걱정이 된다
어머니는
정신이 없어서가 아니라
그 딸이 보고 싶다는 뜻이었다
어머니의 마음속 그리움을
이제 알 것만 같아서
어머니 너무너무 보고 싶습니다

엄마

어머니는 바람을 타고
보이지 않은 곳으로
영영 떠나셨다
어디로 가고 계실까
어디쯤 가고 계실까
홍매화는 피고 있어도
아직 시린 얼음 바람 불고 있는데
엄마 엄마 우릴 두고 어디 가셔요

어머니의 반지

어머니의 유품 중에
호주행 장신론 호박반지
내 장지 손가락에 끼어놓고
얼키설키 상처투성이 어머니의 반지
솜으로 조심조심 다듬질하다
반지 빛 속 깊이 눈빛 들어갔다
울 어머니 얼굴 보인다
내 얼굴도 보인다
칠월의 장맛비 하염없이 내리고 있어도
노란 호박꽃은 눈부시다

어머니 가시는 그곳은 어디셔요

꽃무늬 삼단 지팡이 앞에 세워놓고
대금 삼아 콧노래 부르시던 울 어머니
황 천 길 떠나실 적에
복사꽃 고운 볼에 홍매화는 피고 있는데
향나무 옷 입으시고 깊이깊이 잠드신
어머니 정작으로 고우셔라

어머니 연지곤지 바르시고 가시는 그곳은 어디셔요

아버지는 만나셨는지 할머니도 만나 셨는지요
목련화 피고 진달래도 피고 있어도
아직은 눈발이 내려서 시린 계절인데 어서 가지 마
셔요
어머니 지팡이에서 꽃이 필 때까지

오늘은 어머니께 전화를 해봅니다
전화 신호가 길게 날아가고 있어서
어머니가 지팡이 집고 일어 나서 전화 받을 때까지
폰을 귀에 대고 아무리 오래 들고 있어도

그제도 어제도 오늘도 전화를 안 받아서요
어머니 제발 전화 좀 받아보셔요
어머니 지팡이에도 꽃이 피었나 봅니다

시어머니와 찍은 사진 마지막이 아니길

시어머니는 9학년 4반이다 가끔 놀래게 한다
며칠 전 밤중에 119로 봉생병원 응급실에 실려갔다
코로나라고 하니 병원에 갈 수가 없으니 가슴이 답
답하다
정신 줄을 놓고 아들들도 못 알아본다고 한다
그렇게 좋아하는 손자가 왔는데도 못 알아보니
영영 이별을 할 것만 같아서 가슴이 방망이를 치고
있다
답답한 나머지 체면도 모르겠고 병원 정의원장님한
테 문자로 시어머님이 위독하시다고 그리고 이사장님
한테도 문자로 올렸다
휴일인데도 이사장님이 응급실에 계시느냐고 하셨
다
원장님께서는 연세가 많으신 분은 대부분 폐렴이면
마음의 준비를 해야 된다라고 하시면서 폐렴으로 넘
어 안 가기를 기도드립니다
문자로 보내주셨다
머리가 멍멍 해진다 아들 한테 문자를 보여주고
남편한테는 차마 그 말을 못했다

아니기를 바라면서 마음의 준비를 하기 전에 추석은 쉬었으면 하는

마음이 간절했다

다음날 다행이 코로나가 아니라고 남편한테서 전화가 왔다

또 하루가 지났다 그런데 어머니께서는 정신이 돌아와 아들을 알아본다고 한다

의사 선생님께서 퇴원해도 된다는 전화가 왔다

추석 하루 전날 퇴원하셨다 다행히 집에서 추석을 쉴 수 있어서

감사하다 어머니 뵈러 갔다

바쁜데 어찌 왔네 평소 때처럼 말씀하셨다

며느리인 나를 알아보셨다

손을 꼭 잡았다 가슴이 뭉클했다

시어머니 얼굴에 내 얼굴을 맞대고 사진을 찍었다

사진을 보여 드렸다 살짝 웃으셨다

우리는 성모 앞에 서 있다

어머니의 무덤을 만들어놓고 돌아왔다
어머니 향수는 어머니 다니던 발자욱마다 고여있는데
누가 그림자의 흔적이 없다고 말했던가
어머니 품 속의 향기는 아직 은방울이 송송 맺혀 있다

막내딸 아파트 뒤 놀이터 긴 의자 십 호 가좌동 오거
리에서도
보라색 어머니의 옷자락이 바람에 나부끼며 작은 손
흔들고 있는데
담배 연기도 아직 사다리를 타고 은하수를 만들고 있
어서
어머니 없는 세상 진정 생각을 안 하고 싶다

열 번 천 번 죽어서 다시 태어나서도
엄마 딸로 태어날 거라고 그렇게 울부짖지만
듣지도 보지도 대답도 없이 꽃길 밟고 가신지 사십구
일
우리는 성모 앞에 서 있다

친구의 근황

한동안 소식 없이 조용했다
가끔 한 번씩 아팠다가 일어서고 한 친구
용감하고 씩씩하게 세상을 다 휘어잡을 듯 다니던 친
구
많이 아프다 한다
옛날 같으면 벌써 일어나 돌아다닐 만도 하다
고개 못 들고 누운 지 육 개월이 지났다 한다
나이는 못 속이는지 안타깝다
동서남북 방방곡곡 치마폭을 쓸고 다니던 그는 사업
가
부지런 했어 황소처럼 일도 잘했다
먹성도 좋았던 친구가 먹는 음식도 많이 줄었다고 한
다
멀리 있어서 병문안 못 가니 하루 하루가 마음이 많
이 무겁다
친구야 꼭 한 번 갈게 그때까지 의사 선생님 말씀 잘
들고 힘내라
조금 늦어도 기다려 줄 거지

어머니의 슬픈 기억 속 이야기

전쟁이 일어났다

어깨에 총을 멘 사람들이 동네에 들어와서

사람들이 보이는 대로 마구잡이로 끌고 가고 때리고

총뿌리를 겨루며 한마디라도 하면 죽였다

동네 사람들은 자취를 감추기 시작했다

우리 집은 육촌까지 한집에 살았다

움직이는 것이 그리 싶지가 않았다

아버지 형제 칠남 일녀 중 나의 삼촌 두 분이 군입대를

하고 전쟁을 하고 있었기 때문이다

아버지와 할머니 늘 두 삼촌들 염려하면서 소식을 기다렸다

언제 돌아올 줄 모르는 두 삼촌들 때문에 멀리 갈 수가 없었다

가족회의 끝에 가까운 뒷산 중턱에 토굴 두 곳을 파숨어 있었다

어머니와 큰 백부님 질부와 음식을 만들어서 동굴로 이고 다녔다

하늘에서 비행기가 윙윙하고 날아다니면서 총을 쏘

면 총알이 바로 발등 앞에 떨어지기도 하고 등 뒤에 떨어지기도 한 적이 한두 번이 아니었다

음식을 만들어 머리 이고 사시나무 떨듯이 벌벌 떨면서 한 걸음 한 걸음 아기 걸음으로 겨우 동네를 벗어나 그렇게 끼니를 이어갔다

죽을 고비를 수없이 당했지만 용케도 동굴까지 살아서 갔더라

질부는 다 만든 음식을 내던지고 밭고랑에 납작 엎드려

비행기가 사라지고 없으면 일어나 동굴 앞에 와서는 기절을 했다

그래서 6.25전쟁은 정말 끔찍하다

어느 날 낯선 사람이 흰 봉투 한 장을 전해주고 갔다

막내 삼촌의 전사 통지서를 받았다

삼촌은 운전병이라고 했다 한강 다리 끊어져서 전사라고 통보는 그랬다

할머니와 아버지는 대성통곡을 하셨고 온 집안은 오랫동안 초상집이었다고

이 땅에 두 번 다시 일어나서는 안 될 전쟁

공산당이란 말조차하기 싫다 듣기도 싫다

잊을 수 없는 가족들의 아픔 어머니의 슬픈 눈빛에 가슴이 메웠다

그러나 세상은 아직도 너무 시끄럽고 어지럽다

그때 전설이 아닌 가족의 실화를 도란도란 말씀 해 주시던

어머니도 이제 먼 곳에 가셨다

살벌하고 잔인하고 무서웠던 일들 중 몇 백분의 일만의 동굴생활 이야기 끝이 임진왜란 당시 태어나서 고생했다고 젖도 많이 못 먹이고 배 골아서 많이 못 컸을 거라고 어머니는 항상 미안하다고 하셨다

진심

한 점이라도 진심이 있으랴
너나 나나
진정 진심이
어디에도 찾아볼 수 있으랴
대한민국은 저토록 몸살을 하고 아파하고 있다
눈이 오나 비가 오나 차가운 아스팔트 위에서
성난 파도처럼 그토록 울부짖었던
국민들의 애향심은 온대간데없다
권력에 눈먼 자들
진정 대한민국을 위해 몸부림치는 자
누구란 말인가
정직 정의 성실 도덕성 완벽한 자
어디 있으랴
단 한 사람 그는 누구란 말인가

제사가 줄어들다

어려서부터 보고 온 집안 기제사
큰집에 제사는 사대봉제사 할아버지 한 분에
할머니 두 분 계시는 분까지 1년에 열세 모
한 달에 두세 번 지내는 달도 있다

제삿날 큰 집에 모인 불빛들 규칙이 조금만 어긋나면
백부님 수염을 쓰담으시며 으흠으흠 반복하셨다
도포자락에 갓 쓰시고 수염을 쓰담쓰담하시면
안사람들은 입 딱 봉하고 까치발 걸음이다

어려서부터 보고 온 것이라 어렵지 않았다고
쉽지도 않았지만 우리는 자연스럽게 받아들였다
쌩쌩 부는 도포자락 바람은 후손들이 그대로 이어서
시월이면 묘지 앞에 촌수 나열로 엎드려 엄격한 시
제를 지낸다

그런데 그렇게 엄격한 집안인데도
코로나 시절 후 집에서 열세 번 모시던 사대 봉제사가
2대로 줄이고 1년에 두세 번으로 줄었다

큰집 큰 올케 나이도 팔순이 넘었다

친구

친구야 네가 내 친구라서 내가 네 친구라서
우리는 신뢰하는 친구이기에
허물이 많이 보여도 가슴으로 안아주고 덮어주는 친
구인기라

가파른 언덕을 올라가거나 내리막길을 걷거나 온몸
으로 부딪치는 막다른 길목에서도 친구의 따뜻한 손
한번 꼭 잡아주는 힘이 나는 친구

누렇게 물들어가는 치아가 하나 둘 빠지고 없어도
곡차 한 잔 마시면 절반은 마시고 절반은 철철 흘러
도
더러운 줄 모르는 우리는 친구인기라

집에서 못하는 말 평생 담아온 드라마 같은 삶을
밤낮 가리지 않고 토해내는 가시덩굴 같은 말일지라
도
모두 들어주는 소금 같은 친구야

언제 어디서 무슨 일을 어떤 모습을 하고 있어도
우리는 부끄럽지 않은 친구인기라

돌부리에도 채이기도 하고 빙판길도 걸어보고 물구
덩이에도 빠져보고 태풍도 지나가고 소낙비도 맞아봤
지만 모두 용서하고 사랑으로 살자
친구야 우리는 모두가 형제인기라

무심한 세월아

부산우체국 다녀오다 대청로에서 막내 시동생을 만
났다
집에서 보이지 않았던 모습에 마음 아프게 지났다
세월이 흘러간 흔적이 붉게 탄 얼굴에 묻어있다
보수동 시가집에서 처음 만난 초등학교 5학년 철부
지 그 소년
형수가 좋다고 형님과 형수 사이 끼어서 잠자던
귀여운 막내 시동생이 나와 같이 낡은 책 꺼풀처럼
물들고 있다는 걸 발견했다
어머니가 정신 줄을 놓을세라
사경을 헤매던 막내는 나이가 많아도 막내는 막내다
어머니의 애절한 사랑 앞에서는
그 누구도 말리지 못한다
큰 형님 큰형수지만 어머니의 사랑에 비교할 수가 있
으랴
구순 중반이신 시어머님 흰 머리카락 닮아가는 아들
딸 며느리까지
파뿌리에 빗질하는데
그때 초등학교 5학년 그 소년도 형님을 꼭 닮았다

세월은 멈추어 주질 않았다

뒤돌아보니 유수처럼 빠르게 흘러 왔구나

무심한 세월아 너무 변해버린 모습에 가슴이 시리고
아프다

초장교회가 있는 동네

초장교회 옆으로 질러가는 충무동 가는 골목길
몸 하나 겨우 나가는 길 낮은 지붕 위에
패트병에 물을 가득 담아 햇살에 반짝이며
슬레트 지붕 위에 줄줄이 누워있다
무슨 일인지 눈이 궁금해한다
다닥다닥 붙어있는 집들이지만 말해줄 사람은 없다
갈 길은 바쁘다
패트병을 눈에 담아서 좁은 길을 겨우 빠져나왔다

충무동 가는 새길 따라 100미터쯤 내려가다
봄을 맞이했다
길섶 아래 빈 집터
감나무 가지마다 연둣빛 잎이 싱그럽게 피고 있다
갓 태어난 아기 속살보다 더 보드레 햇살 같이
좁은 골목길 헤치며 답답한 마음을 씻었다
고향의 마당가 감나무 가지에도 봄이 왔겠지
감꽃 목걸이 하고 놀던 그 소녀 시절 머리를 스친다

제
3
부

만다라 꽃

전설 같은 그 날을 잃어버릴까 봐
꼼꼼히 그 옛날을 찾아보다 낡은 사진 속에서
다솔사 적멸보궁 거룩한 그곳에
놓여있는 커다란 북을 본다
몇천만 번을 읊은 경전을 겹겹이 쌓인 흔적 위에
피어있는 신비로움 만나기 위해
먼 길 달려온 거룩한 눈빛들의 행렬 속에
나는 마음 모두우고 합장하며 서있다
명주실같이 가느다란 두 줄기의 신비로움
목련화처럼 순고한 그 자태
망원경 속으로만 볼 수 있는 전설 속의 꽃
만지면 금방 녹아버릴 것만 같은 만다라 만났으니
내 마음의 아픔도 다 녹여 서리라
 나는 아직도 그 신비로운 꽃을 내 속눈 숲에 심어놓
고
 관음전에 앉아서 합장하면 늘 가슴속에서 만다라 꽃
은 피고 있다

연등에 이름 달고

석가 탄신 날 연분홍 비단연등에
이름 달았다

지언업장소멸 하고 소원성취 간절한 마음
두 손에 다독다독 담아서 고개 숙였다

모과 나뭇가지 끝에 매달린 소망 연등
바람 부는 대로 풍경소리 부여잡고 메아리로 흩어지네

님이시여 오늘 관세음보살님이 오셨나요
많이 오셨지요

어디에 계시는지요
공양 간에서 부처님들 공양 짓고 계십니다

그럼 부처님은 어디에 계십니까 몇 분이 오셨는지요
연등에 이름 달고 온 중생 모두가 부처일세

석가 탄신 하루만이라도 나도 부처

감로사의 향기

감로사의 처마 밑에 자목련 꽃이
숭고한 그 자태로 따스한 봄 햇살 따라
살포시 고개 들어 보리수 가지 부여잡고
삼천 부처님 앞에 섰다
관세음보살님들 거룩한 수계식에
합장 공양 올리며 마음은 하나 되어
모든 애욕 다 내려놓고 새순 피기를
부처님 전에 무릎 꿇었다
활활 타오르는 촛불 앞에
내 가슴속 깊은 곳에서
우담바라 꽃이 피고 있다
감로사의 향기는 관세음보살님들의 참회의
참은 거룩한 향기로 피고있다

관음과 함께

어머니는 먼 곳으로 가셨다
가슴은 슬퍼서 시린 겨울인데
천지가 꽃 대궐
화사한 봄이구나
꽃잎 한 잎 내 눈 속에 넣어 놓고
마음속 나비가 되었다
쌍계사의 벚꽃길
관음과 함께 걷고 있다

관음전에서 피는 꽃

마음 속 관음전에 피고있는 꽃 한 송이
거룩한 금강경 한편 올리며
아침 예불에 꽃이 핀다
톡 톡톡 페르시아의 염불소리
벚나무 가지마다
하얀 꽃잎은 목화처럼 뭉실뭉실
참새들의 합창하는 음율 따라
황매화 나폴나폴 춤추는 나비같이
연둣빛 향기 가득한 내 안의 법당
관음전 발우에 봄 향기 그윽하다

금강경 독경 삼천 일 회향의 의미

화선지 삼천 장을 비둘기색 다포 위에 펼쳐놓았다
매일매일 얼룩진 마음을 화선지에 그려 놓았다
가로세로 가위표 세모 네모 별표
빨간 얼룩 파란 얼룩 노란 얼룩 재색 빛도 얇아져 갔
다
아직은 얼룩이 지워지지 않은 건 미련 하나 숨어 있
을
지구만 한 원 돌고 돌고 있었다
금강경 한 권 가슴에 품은 지 십여 년인데
佛紀 2569년 7월 15일 삼천 번의 독경
회향은 감사한 마음 합장하고
지구만 한 원마저 지웠다
하얀 화선지 위에 그려 놓은 것은 마음 心

금어사의 뜰

라일락꽃이 피는 향기 위에
내린 안개구름 걷으며
현해탄을 건너온 아린 점 하나

까치는 감나무가지 위에 집을 짓던 아침
연분홍빛 내 안을 담아
바람도 구름도 한 점 없는 고요한
에메랄드 하늘 바라본다

라일락꽃이 피던 그 시절 백팔염주에 새겨놓고
거룩한 금어사의 뜰에 나부끼는 사연 담은
깃발 시어에 눈빛 던져놓고
문우들의 마음 가슴에 담아서 금강원 숲속 오솔길 걷
고 있다

염주와 묵주

친정어머니는 묵주를
시어머니는 염주를
나는 결국 염주를 따라갔다
염주를 따라갔지만 효행 한 것이 아닌 줄 안다
묵주를 따라가지 않았다는 것에 대하여
친정어머니한테는 불효였다는 죄책감은
오늘도 회답은 없다
고향집 어머니 방 한곳 천주님 앞에 서면
천주님 관세음보살이 왔습니다 하고 묵도를 하지만
도리를 다한 것은 아닌 줄 안다
친정어머니는 관세보살님을 싫어하진 않았지만
오십 중반에 아버지 손을 잡고 천주님을 만나셨다
천주님은 어머니의 우상이셨다
어머니의 손에는 항상 묵주를 쥐고 놓지 않으셨다
이제 어머니는 천주님 곁으로 가셨다
살아생전 어머니 기도하는 모습은 잊을 수가 없다
지금도 내 곁에 앉아서 손 모양은 마그작 마그작
묵주를 돌리고 계시는 것 같다
온몸이 쓰리고 아프다 너무 보고 싶다

그러나 대나무처럼 곧은 마음은 변함이 없다
황금빛 단벌 옷 입으시고 보는 듯 마는 듯
관세음보살의 눈빛 속에 보이는 것은
자비심이라는 글자 속에 내 마음도 들어있다

문을 찾아서 화두를 찾아서

눈에 보이지도 않은 문
문턱이 낮은지 높은지 어디 있는지
어떻게 생겼는지 알 수 없는 문 찾아 나섰다
부처님께 부탁하면 문이 보이는 줄 알고
두 손 모으고 고개 숙여 무릎만 꿇으면 열리는 줄 알
았다

우주같이 크나큰 문에 천만 가지 자물쇠로 굳게 닫
혀 있는 문
불개미들의 집처럼 아주 작아서 안 보이는 문일까

태풍이 불어와도 눈발이 펑펑 퍼부어
발이 시려도 거치런 밤길도 아픈 줄 모르고
밤새도록 걸었다
봉정암 깔딱 고개 넘어서 대청봉 하늘 닿은 그곳까지
벌겋게 핏물 젖은 발 붕대로 칭칭 감아서도
열 일 다 제쳐 놓고 한없이 두드렸던 고갯길 몇몇 해
였나

　삼랑진역에서 고불고불 이십 리 삼봉사 가는 길
　불볕 내리쬐는 칠월 낮 한 시
　일자 전봇대 그림자 하나 부여잡고 쉬어가는 그림자
일 더 하기 일
　머리카락 숫자만큼이나 등줄기 타고 흐르는 땀 냇물
이 되었나

　고기 떼가 죽어서 바위로 변한 전설 깊은 고기 떼들
구물구물 움직이고 있다 숭문이 열린 것처럼
　삼봉사의 부처님 미소 지으시고

가족에게

내가 가고 싶은 곳 길을 막지 않고
불심으로 갈 수 있도록
보내줘서 감사합니다
그런데 왜 이리도 가슴이 아픕니까
왜 이리도 마음이 아픕니까
자꾸만 자꾸만 가슴이 메입니다
이렇게 감사한데
벅찬 가슴에 자꾸만 눈물이 납니다
가족들이여 미안합니다
내가 가는 길 열게 해 주시고
아픈 마음 이겨내고 참아주셔서
정직하고 착한 내 남편 최종열
부처 마음 닮은 두 아들 원우 진호에게
미안한 마음 이 세상을 떠나서라도
속죄하며 기도로 보답합니다

반갑지 않은 손님들

공양 시간이면 여척 없이 달려오는 손님
동글동글한 눈들이 노란불을 켜고 모인다
제일 먼저 부엌 문턱 밑에 쪼그리고 앉아서 슬픈 모
습으로
얌전하게 기다리는 황토색 얼룩무뇌 야옹이는 아기
세 마리 키운다
아이들 먹이려고 어미 배는 등짝에 붙어있는데
아기들이 밥그릇을 비울 때까지 기다려 주기도 하고
물어다 먹이기도 하더니 어느새 새끼들이 제법 커서
뛰어다닌다
먹을 것을 안주면 납작 엎드려 눈치만 보면서 불쌍
하게 보이게 하느라고
귀를 살짝 뒤로 재치기도 하고 눈을 살포시 내리 까
기도 하고
그래도 안주면 앙옹아옹 하고 울거나 신발에 오줌을
싸놓고 숨어버린다
앙살스럽게 큰놈 빰을 탁탁 치면서
큰놈도 겁내지 않고 빼앗아 먹는 놈도 있다
어미는 먹지 않고 새끼들한테 양보하며 지켜보기만

하는데

　수컷이 입질을 하고 있으면 암컷이 와서 밀어낸다

　어슬렁어슬렁 뒷걸음질하고 알밤만 한 부알 두 개 대
롱대롱 달고

　뒷다리를 뒷척이며 뒤뚱뒤뚱 쫓겨나간다

　하루가 다르게 약삭빠른 새끼들은 제법 커서 앙살을
부리며

　어미을 밀어내고 어미 밥을 빼앗아 먹었다

　이제는 엄마도 이기 뺨을 치기도 하고 따라다니면 앙
하고 나무란다

　아기는 엄마 눈치를 보면서 잡나무 많은 숲속으로 매
미 우는 소리 따라갔다

　뒷집 누렁이네 집에서 생선을 주는 날은 수도사에 안
온다

　삼대 야옹이들은 한 마리도 종일 안 보인다

　어제는 검둥이네가 꿀꿀이 살코기를 줬다더니 틀림
없이 안온다

　수도사 공양은 참기름 넣은 나물 아니면 장아찌

　어쩌다가 된장국에 멸치 몇 마리 넣은 날

산들집 양옹이들은 꽂감 엮듯이 줄줄이 모여든다
한 사나흘 전 해산날이 며칠 안남은 것 같은 배부른
양옹이를
미역국에 멸치 몇 마리 홍합 몇 마리 넣어 끓어 줬더
니
다른 놈은 얼씬도 못하게 하고 앙앙 얌얌 하고 소리
소리 지르며 먹더니
부른 배가 더 불러서 만산기 된 몸으로 계단을 겨우
올라갔다
어제 오늘은 해가 저무는데 한 번도 안 보이네
해산을 했는지 안 보이네
그 손님 기다려진다

부처님은 중생의 세탁기 인가요

부처 계신 도량에서 세탁기 하나 내어 주었다
마음의 울분도 씻고
헝클어진 머리카락도 씻고 빗질도 하고
검고 붉은 먼지 다 털어 내라고
먼지도 털어 내주었다
세월의 흔적마저 지우고 비우고
발톱 손톱 밑 뼛속까지 씻고
전부 햇살에 말리라고
모두 닦고 가라 하셨다
속내 모두 털어놓고 비우고
명상 속 깊은 곳에 들어갔다
영롱한 빛 가슴에 담았으니
붓다의 원 속에서 소리소리
검은 눈물 한없이 쏟아낸다
관음전에 백합 향 천리만리 향기롭다

삼봉사의 가을

삼봉사 가는 길 언덕 위에 가을이 왔다
흰 꽃 노란 꽃 들국화 흐드러지게 피었다
가을 햇살은 반짝이는 스님의 이마 위에서
하얀 국화꽃 잎차를 달구며
관음전 발우에 국화 향기 그윽하다

노루와 토끼들 합장 공양
익어가는 가을을 마신다
대봉 하나 까치밥
밤 한 톨 다람쥐 기다린다
고기 떼가 바위가 된 전설 안고
춘하추동 삼봉사의 풍경이 울려 퍼진다

까치가 다녀간 감나무 언덕 아래도
연보라 들국화 가을 바람에 살랑살랑
대바구니 가득 담았다
구수한 차 한 잔 지장전 공양 올린다
연보라 꽃향기에 가슴 적신다

설날 아침

설날 아침 까치가 왔다
부처님 전에
떡국 공양 올려놓고
조상님 전에도 떡국 한 상 차렸다
오셨는지 안 오셨는지 모르나
무릎 꿇어앉아서 푸념을 늘어놓았다
콧물인지 눈물인지 목줄에 타고 내린다
가슴 한구석에 꼭 박혀서 지워지지 않은 별꽃이
피고 있기 때문일 것이다
아직도 무지개처럼 빛나는
나만의 꽃이여 국화차 향기 그윽한데
까치는 세배만 하고 벌써 떠났다

중생이

부처님 발자취
그림자라도 밟으려 하니
그 길 더 험난하고
굽이굽이 아픈 곳도
왜 그리도 많은지
어렵지 않다고 말 못 하리오
눈 감고 있어도
중생 긴 한숨 소리 내 귓전에
바람 소리로 눕고 있네

원으로 가는 길

님이시여
아무말 하지 말고
아무것도 못 본 듯 그냥 가세요
고요한 산사 풍경소리
천 리 길 가서라도 못 들은 척하세요

깊은 밤 하얀 가로등 아래
홀로 핀 진보라 수선화 붓대 하나 들고
하얀 화선지 폭에 숨죽이고 있어도
못 본척하세요

우연히 만난 저 소리
빨간 새들의 속삭임
귀에 담지 말고 눈에 넣지 말고
솔솔바람 타고 홀연히 가세요

수선화 꽃잎에 맺힌 이슬
숨은 바람일지라도
동백이 머무는 그곳으로

모르는 척 그냥 지나가세요

나는
지장 전에 점 하나 찍어 놓고 원으로 가는 길

진정한 불심佛心이면 한다

한 달에 한 번 아니면 두 번 교복을 입는 오늘
음력 삼월초하루
부처님 전에 예불 올리는 불심이 코로나 때부터 더
나태해졌다
그런데 중요한 것은 원하고 바라고 희망하는 소원은
한 스푼 모래알 숫자만큼이나 많다
그러나
불교 예수교 비교하지 않을 수가 없다
포교원 옆에 초장교회 주차장이 있다
주일날이면 교회 주차장에 승용차들 빽빽하다
부러울 정도로 신앙생활에 열정을 다하는 모습이
불자들은 본받아야 할 예수교의 장점이다
예수교 교인들만큼 열심히 불심을 가진다면

그리고 소원을 희망하기 전에 자신의 마음속 두터운
알에서
깨어 나와야 한다
나를 볼 수 있어야 나를 찾을 수 있다
내가 나를 발견하면 무엇을 먼저 해야 하는가를 볼

수 있을 것이다

불자들만이 해당되는 것은 아니다

그 어떠한 신앙생활일지라도 그렇다고 본다

대궐 같은 큰 교회라고 아니 십자가 하나만 세워놓은 한 칸짜리

작은 교회일지라도 마음 하나 풀어놓은 곳은 차이가 없다

큰 대웅전 작은 포교원이라고 자비심이 달라지는 것은 아니다

언제 어느 곳이라도 맑고 깨끗한 마음심으로 정성과 간절함이 함께 라면

뿌린 만큼 돌려준다는 옛 속담이 헛된 말이 아니더라

현실 속에 허덕이며 나를 깨우고

아직도 붓다의 원 속에 남은 점하나 지우러 가는 마음

금강경 2900일째 책갈피 넘기는 오늘은 佛紀 2569년 음력 삼월초하루

샛바람 불고 목련도 벚꽃도 피고 있다

이름을 개명하다

작명가 선생님들은 하나같이 곧을 정 구슬옥 자를 개명하라고 한다

한문 나라 鄭 곧을 貞 구슬 玉 저의 조부님께서 지으셨다

조부님은 학자셨다

남자 사주 화려하게 살라는 사주라고

곧고 정숙하게 옥같이 곱게 살라는 뜻으로 지으셨다고 한다

그래서 예술가나 신앙으로 살라고 하셨다

현대 시대 작명가는 옥자가 몸을 아프게 한다고 한다

어려서부터 병치레를 많이 하고 컸다

유명한 작명가에게 90년도에 건희라는 이름 30만 원에 개명했다 사용을 하지 않았다

파장 이름 짓는 데서는 50만 원에 해솜이라 지어놓고 테이프를 그 당시 지금까지 정옥이라는 이름을 불은 만큼 불러줘야 효과가 있다고 해 24시간 테이프로 몇 년을 틀어놓았다

무심코 지나갔다

이제 와서 이름을 개명하는 건 살아 있는 동안에
첫째는 나쁜 일 있으면 아들들한테 짐이 될까
둘째는 고통스러운 일이 없기를 위한 바람이다
한 자만 고요할 정艔 보배 옥鈺으로 개명하고
아호는 무지개 예霓 수풀 림林 예림으로 개명했다
도장도 파고 작품에 낙관도 찍어야 하니 예림 도장
도 팠다
9월 12일 물어물어 법원을 찾아 갔다
어렵지 않게 신청하고 가정법원서 개명 서류를 제출
했다

화두 하나 풀어놓고

천마산 처마 밑에 요술방망이
나팔바지 입고 담쟁이처럼
잎 하나 놓일세라 서로서로 부여잡고
주렁주렁 매달려서 하늘을 욕심껏 바라본다
화두 하나 던져주던 서향은 붉게 물들고
팔이 늘어지게 별을 안고 관음전에 해를 풀었다
보살들과 초록빛 향 그윽한 차를 만들어
관음전에 공양 올려놓고
얽혀있던 깊은 화두 하나 풀어서 씻어
삼화넝쿨 같은 수세미 속은 무처럼 다듬어
모든 애욕 벗고 있다
은하수 사다리 걸터앉아 둥근달을 품은 듯
나는 부처인 양 아무것도 부러운 것이 없으랴

제
4
부

개망초 꽃피는 들녘

꽃향기 그윽한 들판에

고요한 산새에 내린 안개구름을 걷으며

현해탄을 건너 온 들꽃 같은 바람 같은 새야

눈물로 아린 세월 가고

마음 깊은 곳 아픔 잊지 못하는 데

향기 따라온 방울새 관음전 촛불 밝혀놓고

그리운 맘 꽃송이같이 만발하듯 피는 듯하지만

맴 속을 진주알 방울방울 엮었는데

하얀 미소 짓는 거울 속 내 안을 들여다본다

풀숲에 이슬 같은 임의 등불

내 마음 싣고 간 임

개망초 꽃 피는 들녘으로

겨울이 오면

아침 일찍부터 전화벨 소리가 요란하다
팝콘 같은 새하얀 눈송이가
용두산 공원 탑을 타고 사푼사푼 내려와서
항구는 우아한 옷을 갈아입고
자동차들을 세웠다

출근길 발목을 묶어버린 것에 대하여
성희는 울부짖고 있는 줄 알면서
나는 새벽부터 설레는 마음으로 용두산 공원에 올라
눈사람을 만들어놓고 내 아이들과 눈싸움을 하며
하얀 백설 위에서 모델처럼 사진을 찍었다

아직도 미안한 마음
가슴 한 모퉁이에서 빨간 고추전등이 깜박인다

겨울이 오면 옛날 생각이 난다
성희네 택시회사 비상이 걸리는 이유 하나
가파른 봉래산 중턱에 있었기 때문이다

결혼 예식장

친구는 딸이 시집간다고 했을 때
엄마의 마음은 하늘을 날아갈 듯 좋아했을 텐데
코로나가 기성을 부리고 있으니
예식장의 분위기는 산을 등에 지고 있는 것처럼 무
거웠다
혼주와 하객들이 주먹 악수하며 눈인사마저
조심스럽게 화촉을 밝혀야 하는 결혼 예식장
신랑이 입장하고 고요한 가운데 예식장 문이 살며시
열린다
하늘에서 내려온 선녀인가 비단결 걸음으로 사뿐히
청포도 하우스 속으로 들어온다
참 아름답다 아침 이슬처럼 영롱한 빛을 안고 온 오
늘의 여왕
하늘 갠 천지에 무지개 뜨기를

그의 어머니를 위한 기도

코로나바이러스 한참 기성을 부리고 있을 때
낡은 회색 티 찢어진 청바지 차림의 사내아이가
절간 마당 평상에서 고개를 푹 숙이고 앉아 있다
인기척 소리에 그는 고개를 들고서 꾸벅 인사를 한다
부처님 전에 들어가도 되는지 조심스레 말을 한다
청년은 마음이 많이 아파 보였다

보이차 한 잔 달이고 싶었지만 그는 이미 법당에 들
어갔다

잠시 후 그는 무릎을 바닥에 쿵 하고 고개를 던져놓
고

엉엉 소리 내어 울고 있다
천마산 부엉이 우는 소리와 그 사내 슬픈 소리가
절 처마 끝에 매달려 있다
남자는 어머니를 살려 달라고 그렇게 애원한다
코로나가 어머니를 데리고 간다고
부처님도 회답을 찾지 못하는 기막힌 울분을 토하고
있다
한참 동안 속내를 털어놓고 마당으로 나와서
담장 밑에 나리꽃 한 송이를 바라보고

저 꽃은 마디마디 제 씨를 업고 있는데
나는 안아줄 사람 업어줄 사람 하나 없다
혼자 어떻게 하라고 던진 말 한마디
수도사 담장 밑에서 맴돌고 있다

고향의 향수

고향마을 종갓집 그 대나무 숲속 옹달샘
거울같이 맑은 청정수에 비치는 노란달 품고
흥부와 놀부가 놀고 있다
바가지로 달도 별도 흥부가
양동이에 다 소곤이 담았다
올케 머리에 올려놓았다
종종걸음으로 대청마루 지나서
감나무 아래 장독대 달을 내려놓았다
고향 집 대나무 숲속 부엉이 우는 밤이 그립다

김장

텃밭 배추가 연지 곤지 바르고
장독간 항아리 속으로 들어갔다
쭈쭈빵빵 멋을 잔뜩 부린 통통한 무도
짭짤한 바다에 몸을 씻고
배추 치맛자락 칭칭 감고 항아리 속으로 들어갔다
릴 릴리 릴 릴리 아리랑 아리랑
내년 봄에 동네잔치 하겠다

꿈만 먹다 만 세월

꿈 하나 있었다
마음에만 묻어 두고 있었다

왜 마음이 솔직하지 못 했던가
모든 것들 중 소중한 꿈 하나

포부로 남아서 한이 된 꿈
세월은 쉬지 않고 흘러 흘러가는데

붙잡지 못 한 건 용기가 없어서가 아니다
너무 깊은 마음의 상처 때문인가

다시는 아픈 것은 안하고 싶다
세상의 맛을 뭔지 모르고 살았다

권력의 대한 욕심은 없었다
아픔의 세월이 너무 길었다

기다림에 지쳐서 세월이 밟고 가드라
드라마 같은 일생 꿈만 먹다만 세월

연보라 꽃피던 시절

삼다도 가는 무성한 가로수 아래
돌하르방 손짓에 마음 빼앗긴 비바리
동강이 흐르는 초원 위에
숨어 우는 바람 하얀 낮달에 눈빛 던지고

수많은 사연 담은 사십 계단 층층대
아코디언 연주자 어깨 위에 앉은 풍차
흘러간 옛 노래에 귀 기울이며
마로니에 잎 새는 푸르다

잊을 수 없는 그 연인 연보라 빛 바람
지나가는 비에 마음 적시는 소리
유유히 바라보는 갈매기 날갯짓 그 바람
연보라 꽃피던 시절

단디 해라

우리는 살날이 얼마 남지 않았다
그래서 말인데
정직한 세상을 만들자
범죄 없는 세상을 만들자
거짓말 안 하는 세상을 만들자
도덕성이 중요하다
더군다나 공산주의는 만들지 말자
아름다운 금수강산
살기 좋은 대한민국
대한의 후손들에게 빚 없는 나라를 물려주자
아들딸들아 부탁한다 단디 해라

모심던 날

철벅철벅한 논둑을 밟으며 동네 모심는 날
쉴 참 먹는 시간 기다린다
콩 볶음 간장에 부침은 고소하다
어린 동생 어머니 젖가슴에 파고 들어간다
긴 못줄은 농부들의 노랫가락으로 일렁일렁
황토옷 입고 춤을 춘다
두루미 한 쌍 긴 목을 빼고 우렁 각시 찾는다
종갓집 모심던 날

숨기고 싶지 않은 마음

부모가 되어서 제대로 해준 것이 없어도
아들들에게 바라는 것이 있다
두 아들 귀공자처럼 키웠지만
세상의 여파로 우리 가게와 공장에도 큰 풍파가 지
나갔다
세상이 어지러워서 세상이 울부짖어도
우리는 욕심 없이 부처처럼 살아간다
힘든 세상 잘 이겨내고 있으니 누구의 은덕인가
눈으로 보이지 않아도 알 수 있을 것 같은
감사한 마음 가슴으로 알고 있다
그러나 아들이 생각하는 것이 현명할지 모르나
날이면 날마다 시간은 바쁘게 가는 줄은 아는가
우리는 세월 따라서 나이테를 만들고
내 모든 것은 하루가 다르게 익어 가는데
너에게 할 말 많기도 하고
할 말이 없는지도 모르겠다만
결혼하라는 말은 이제 더 이상 안 할까 했다
망상 속으로 바라는 것이 나의 전부일지도 몰라
시끄러운 세상 언제 조용할까 염려하며

그래도 원우 진호 두 아들에게
숨기고 싶지 않은 마음이다

반성합니다

가녀린 목 고개가 한 짐이다
무겁다 고개를 들지 못하겠다
어지럽다 만 삼 일째 토사를 만났다
병원 갔다 와도 아플 것 다 아프다
나는 벌을 받고 있다
중구문협에서 봄 소풍하고 점심을 자연산횟집
평소 안 먹던 음식 중 추어탕과 생선회다
그날따라 듬직한 나무사라에 싱싱한 회
바로 코 앞에서 유혹을 한다
먹을까 말까 몇 번을 망설이다가
한두 점만 먹을까 했는데
나도 모르게 젓가락이 왕복으로 반복했다
역시 밤중에 이상한 징조가 시작했다
아플 것 같은 느낌이 분명했다
일주일 벌을 받았다
마음이 그랬다 반성합니다

사진

사진은 현실의 멈춤에
세월의 흔적이
거짓말을 하지 않은
사실 그 자체가 시집이다

유난히 손에 잡히는 사진들 중 1990년 어느 날
부산시청 대강당에서 시장봉사상을 처음 받은 장면
촌스러운 모습에 킥킥킥 웃음이 나온다
2004년 그림 전시회 출품하고 처음으로 대상 수상
하던 날
티 없이 맑은 소녀 같은 그 얼굴 지금은 어디 갔을까
20년 전 세종문화회관에서 시 낭송하고 처음으로 최
우수상을 받고
박수와 꽃다발을 가슴에 가득 안은
청보라 코트엔 아직도 보랏빛 도라지꽃이 피고 있다

소설 같은 일평생을 사진으로 모두 담아놓지는 못하
였으나
주름 없던 그날처럼 항상 그대로였으면 좋겠다
사진은 즐겁고 행복한 날 뜻깊은 날만 있어서
다시 내 가슴에 담아 놓았다

완벽한 성격은 본인 자신이 힘들다

고쳐지지 않은 버릇 고쳐야 한다
조금은 어렵다고 생각한다
허점이 조금 보이는 것도 매력이다
대충 해도 될 것도 꼼꼼하게
두세 번 확인해야 하는 완벽주의자
세모는 세모 네모는 네모
벗어놓은 신발도 나란히 나란히
숟가락도 젓가락도 나란히 놓여 있어야
밥상 앞에 앉아서 수저를 들고
반찬도 앞 접시가 없으면 무채 나물 같은 경우
한 올만 찍어 올려먹는다
완벽한 것은 그렇게 좋다고만 볼 수 없다
조금은 허점이 보여도 조금은 실수를 해도
오히려 그것이 매력이 될 수도 있다

의사의 존재

의사는 그냥 사람이 아니다
의사는 위대한 기술자이다
의사는 환자를 책임질 의무가 있다
의사는 환자가 먼저이어야 한다
의사는 권력이 필요없다
의사는 욕심이 많으면 의사가 아니고
평범한 사람보다 못하다

임에게

구월이 오기 전에 녹색 구름 안고
임 찾아 가리요
대나무 숲 우수수 거친 밤길이어도
임 계시는 곳으로
오라는 이 없어도 혼자일지라도
임 찾아 가리요

황금 옷 입으시고 낮이나 밤이나
미소 머금은 그 표정 임의 모습 그리워
검은 구름 사이사이로 나투는 햇살처럼
눈부신 그 자태 임의 모습 빛나네
임 계신 곳이라면 가시덤불 길이라도
임에게 가리요

먼저 떠난다던 사랑이

먼저 떠난다고 지워지지 않은
꽃 이름이 지워 지나요
사랑 가슴속 깊이 박힌 흔적들
영원히 지울 수 없는 꽃 그림자의 사연이
떠난 뒤에도 이렇게 피고 있는데

먼저 지우러 간 사랑이
지우지 못하고 왜 다시 돌아와서
힘들게 하고 슬프게 하다
잊혀지지 않은 이유로 저리도 울고 있네요
먼저 떠난다던 사랑이

사랑 너 못다 쓰고 가는 세월

세월아 고왔던 청춘을 뒤로하고 어디로 가나
사랑은 아직 남아 있는데 샘물처럼 출렁이고 있는데
어제도 내일도 사랑 너 그대로인데
못 다 피운 꽃 한 송이 한세월 부여잡고 꿈만 꾸다가
아까운 청춘만 흘러가는데 사랑 너 못다 쓰고
가버리는 청춘 아깝다
남아 있는 그 사랑이 너무 고와서
옥같이 고운 속살 숨겨놓고 흘러간 얄미운 세월아
사랑 너 못다 쓰고 가는 세월아

정 주지도 받지도 마라

정 이란

받은 만큼 준만큼

따뜻하다 아름답다 하다가도

사랑 반 눈물 반

화선지 위에 떨어진 한 방울 눈물 자국을 보라

그는 떠나가 버렸다

가버린 그 새는 기다리지 마라

사랑 정 미운 정 고운 정

주지도 말고 받지도 마라

결국 아픔만 남을 뿐

외로울 줄 알아야 하는 것 냉정한 그 자체

그 무엇 하나 내 것은 아무것도 아닌 것을

원래 그 자리 그곳에 갈 적에는 텅 빈 몸뚱이뿐이다

한가위가 이틀 남았는데

내일 모래가 한가위다
시어머니가 병원에 입원을 했다
이틀 전 한밤중 119가 와서 모시고 갔다
남편은 아들도 나도 코로나라고 아무도 못 오게 한다
마음이 불안하다 시누이한테 전화를 해 봤지만
똑같은 말을 할 뿐이다
답답해 죽겠다 어떻게 해야될지
아들이 명절이라고 왔는데 할머니가 저렇게 계시니
할머니 얼굴을 못 보니 안절부절한다
대학 갈 때까지 키워주신 할머니인데 얼마나 마음이
아플까
직장을 다니기에 병원 근처에도 못 가라 하니 애달
프다
시어머니는 관세음보살 같은 분이시다
구순하고 사세이지만 용모가 단정하시고 예쁘다
그리고 깨끗하시고 쓸고 닦고 얼마나 정갈하신지
걸레도 뽀얗게 쌀마저 행주 해도 될 정도로 청결하
셨다
그런 어머니가 코로나 걸렸다 하시니

뵙지를 못하니 죄가 되어서 어쩔 바를 모르겠다
나는 어머니한테 미안한 것이 한두 개가 아니다
며느리 입이 짧아 아무거나 안 먹어 늘 반찬 걱정해
주셨다는
소리를 동네 아주머니한테 들었다
입만 꼭 짧아서가 아니라
공장에 가게로 거래처로 마무리하고 다니다 보면 밤
10시
저녁 때를 놓치면 배가 고파서 밥을 더 못 먹어 물에
말아 먹었으니
어머니는 그렇게 걱정을 하셨다고 합니다
어머니 손자들 결혼하는 것 보시면 좋을 텐데

저 소리는 아파트가 들어서는 소리

바위가 조각조각 깨어지고 있다
마을 하나가 바위다
땅땅 땅 쿵쿵쿵 머리를 치고 있다
오 개월이 넘었다 매일 종일 귓속 고막을 흔들어놓
는다
건물이 하나둘 내려앉은 지 반 년이 지났다
흙먼지 쌓이고 바위 조각들 와락와락 쏟아지면
온몸은 무너지는 것 같다
빨간 포클레인 세대는 내 머리를 종일 끌어 담는 것
같아서 몸살을 한다
엉엉 울리고 싶다
수도사의 벽이 갈라지고 깨진 공간이 점점 더 넓어
진다
오늘은 소낙비가 쏟아진다
어디에선가 새어 들어오는지
지장 전 방바닥이 물이 고이기 시작한다
매미들은 어디로 갔을까
잡나무 가지들만 하일랑 하일랑
비 그칠 날만 기다린다

심장이 떨린다 뒷집 복순이와 고양이들도 몸을 숨기
고 없다

공휴일도 공사장 일은 쉴 틈 없이 웅웅 소리 내며 머
리를 먹먹하게 만든다

못을 치는 것처럼 심장은 불면증에 시달리고 머리는
어지럽다

고요하던 아미산 아래 고을은 날마다 부연 먼지 면
사포를 쓰고 몸살을 한다

명상 속에서도 울분이 가슴속을 꽉 메우고 있다

남과 북의 운명

강 하나를 사이에 두고 동포가 갈라져서 살고 있는
것은
남과 북의 돌일킬 수 없는 운명이다
동포가 서로 돌팔매질 하고 틈만 나면 대포알이나 겨
루고
이성을 잃고 남의 것을 빼앗으려고 온갖 궁리나 하는
고약한 나쁜 습성이
그들만이 가진 철학은 아주 잔인한 국민성을 가지고
살아온 세월이
너무 오래도록 철저히 배여 있어서 통일은 기대하지
말아야 한다
우리는 주는 것도 혹시라도 받을 것도 원하지 않으니
이제는 더 이상 갖다 줄 것도 없지 않은가
통일하는 기대는 진작 접어야 했다

어쩌다가 우리가 이렇게까지 되었는지 모르겠지만
너무 안타깝다
이해할 수 없는 다른 생각과 태도 행동을 하기 때문에
우리는 엄청난 큰 높은 산을 뒤로하고 아주 낮은 자

세로 하고

　태양을 지어 짜듯이 크나큰 아픔은 어쩔 수 없는 현
실 앞에서

　이제는 과감하게 정리하고 돌아서야 한다

　기대하지 말자 미련도 두지 말자

　그들의 몸속에는 공산주의 사상이 몸속 같이 열 배
스무 배 이상

　깊이깊이 배여 있어서 그들의 사상은 절대로 밖일 수
없기 때문에

　정말 정말 이제는 만남도 없어야 한다

　설상가상 내 부모 형제가 그곳에 살고 있을지라도 땅
을 치고 통곡을 할지라도

　대한민국 나라 걱정을 위해서라면 전쟁 때 모두

　조국을 위해 몸 받쳐 죽었다고 생각하자

　동포들이여 피눈물을 평생 흘리다 죽을 우리들이여

　내가 죽기 전에는 날마다 날마다 가슴을 치며 통곡
할 것이다

　눈물이 눈에서만 나는 것이 아니다

　가슴으로 가슴속으로 흐르는 뜨거운 눈물을 그 어느

누가 알겠나

　조국이시여 조국이시여

　우리는 결코 하나가 될 수 없기에 이별의 노래를 불
러봅니다

위대한 대한민국 청년들이여

위대한 대한민국 국민들이시여
위대한 분노는 불타는 정열이다
불붙은 정열은 대한민국 청년들이다
젊음의 애국심 모두 모여 모여
나라 지키기 위해서 거리로 나섰다

불볕이 쏟아지는 뜨거웠던 한여름 날인데
구설 같은 땀방울 떨어져 발등 깨어지는 한이 있어도
우박이 떨어지고 태풍이 휘몰아치며 그렇게 아픈데도
나라 위해서라면 이 몸 받쳐 죽을 각오로
청춘을 태우리라 외치는 대한의 청년들

얼음판 신장론에서 태극기는 거센 파도를 타고있다
까마귀 떼 우글우글 칼부림 칠 때
양팔이 찢어지도록 질질 끌려가서도
동지섣달 긴긴밤 태극기 놓칠세라 꼭꼭 잡은 손 부러
져도
몇천만 번 목이 터지라 외치는 만세 만세
위대한 대한민국 청년들이시여

숨겨진 달항아리

초판인쇄 | 2026년 1월 25일
초판발행 | 2026년 1월 30일

지 은 이 | 정정옥
펴 낸 이 | 배재경
펴 낸 곳 | 도서출판 작가마을
등   록 | 제 2002-000012호
주   소 | 부산시 중구 대청로 141번길 3, 501호(다온빌딩)
       T. 051)248-4145, 2598   F. 051)248-0723   E. seepoet@hanmail.net

ISBN 979-11-5606-301-8 03810   정가 12,000원

※ 본 도서는 2025년 한국예술인복지재단의 창작디딤돌사업을 지원받았습니다.

ΛΛ/ 한국예술인복지재단